U0134405

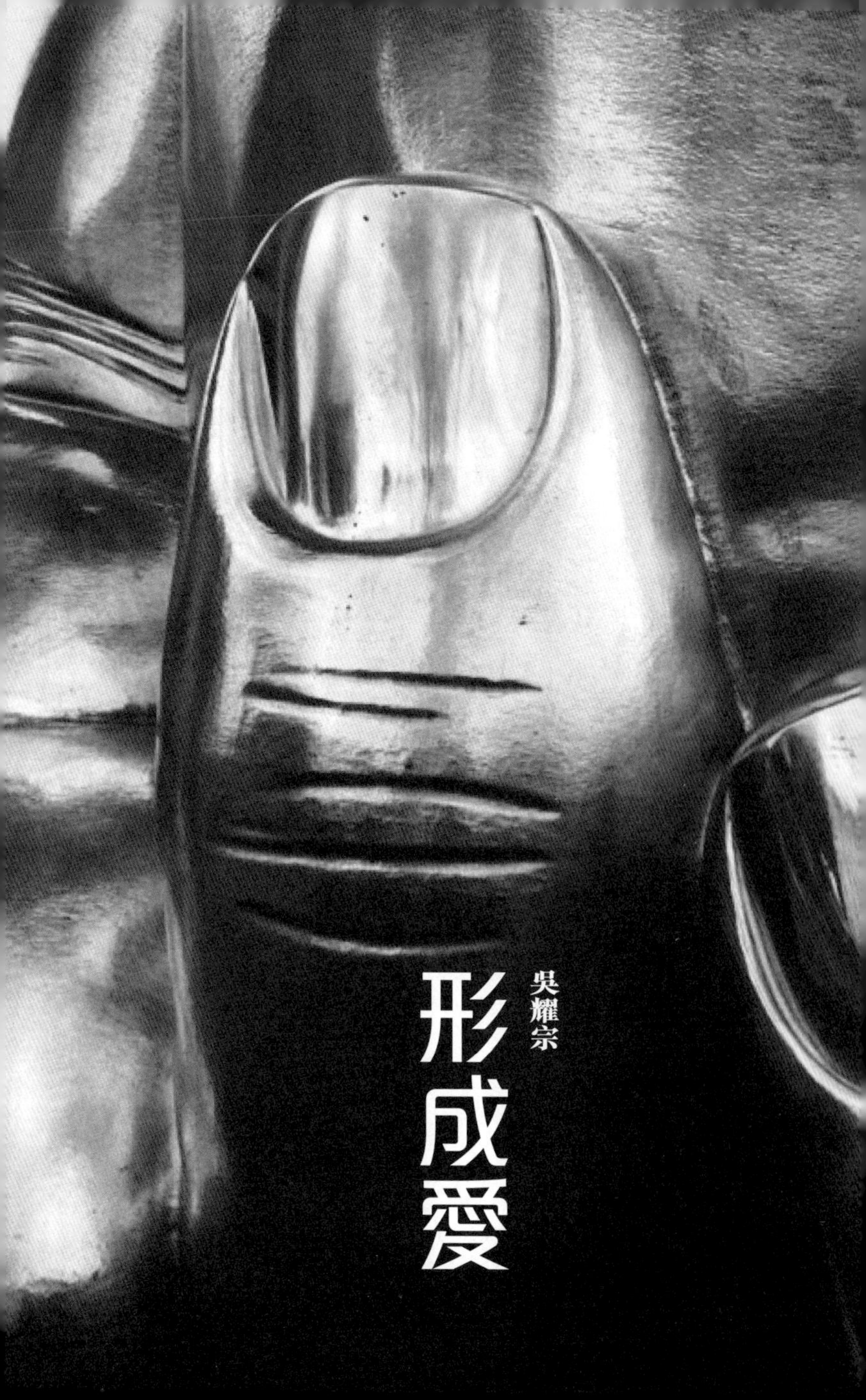

形成愛

吳耀宗

目錄

8 來到 2016 年的西洋菜南街
12 愛血火——在巴塞羅納觀 Flamenco 有感
14 游刃
16 孩子活不下去的地方
18 你們生下美麗的耳朵
19 立場
22 請坐催眠師請坐——給臺灣
24 永恆的童年
26 成雙
28 為政
30 岩罪
34 懸響——「香港十八區巡迴詩會第一場」集句三首之一
36 高密度——「香港十八區巡迴詩會第一場」集句三首之二
38 再生火——「香港十八區巡迴詩會第一場」集句三首之三
40 新四六言——「香港十八區巡迴詩會特別場 @香港文學季」集句
43 借海的翅膀飛——集「香港十八區巡迴詩會第八場」詩題成十四行詩

向歷史鳴槍 45
海馬散步，留下（一） 47
囚室 48
愛 50
小冤家——給渣咋 53
土地儲備 55
豬頭 57
出發點 59
在我不斷嘔吐石頭的時候 61
履歷之類 65
November——擬洪慧 71
步徒——擬熒惑 74
氣——擬唐捐 76
碼頭酒——給鄭單衣 77
人民 80
在沖繩屋我地島醒來 81
上邪 84
發展商 85

86 生命沒有不同，包括石頭
88 圍爐夜
90 韶稚
92 二十八年祭
94 夜奔
96 群體
98 落空區
99 剩下的冰雪給了我們聰明
101 我們説話的方式
104 小山廟
106 害怕

附錄

（一）「我喜歡我是塵埃的樣子」——吳耀宗訪談 洪慧 108
（二）評吳耀宗詩集《逐想像而居》 廖偉棠 122
（三）藏身於明亮無悔的人間——吳耀宗玻璃詩報導 隱匿 125
（四）生命的纜繩，歲月的鉛筆刨——吳耀宗詩集《逐想像而居》讀後 余文翰 127

來到2016年的西洋菜南街

鐵打的物慾
流水的店
一公里長的你
在旺角警署以南
招牌叢生，綁架
一公里長的天空

一公里長的生意
光污染，也聲污染春夏秋冬
我們來回走動

啃下宣傳單和易拉架的堅持
胃裡堆滿消化不完的
藥房電器行，連鎖發炎的
時裝化妝品便利店
繁華的牙齦比昨天腫痛

上火了你
上火了我們，知道
上世紀以前你是清熱解毒的
一公里長的變遷
變走了農地，變走了芒角村
從此不種
也不賣西洋菜

上火了需要
下火，但是
賣書的，電梯越搭越高
賣唱的，走音走入虛空
賣謊言的，狼心劇烈跳動
給人賣命的，用五湖四海的陰險
佔領區揮打出警棍的血路
大年初一磚頭在附近飛揚它們的暴怒

上火了你
上火了我們，都知道

流水的現實
鐵打的槍口

愛血火

——在巴塞羅納觀 Flamenco 有感

生命不齒於沉吟
緩慢抵禦死亡是人間最不堪的羞辱
所以飛速
愛入膏肓

承受不住這狂痛欲裂的骨骼
乃擊掌　乃蹬步
乃旋身　乃揚裙
給我沸舞的血蛇
給我敞展的火翼

給我海蝕的酷刑
給我決絕的恩典
從悔恨撕裂的肝腸向花開的世界
吶喊——

與你契闊
與你黑暗
生是巴塞羅納人
不帶來安全的斑馬線
死是暴烈不屈的情鬼
掠去地獄所沒有的
通通掠去
憑一條受盡牛牴的紅布巾

遊刃

寫詩就是
病發的時候我無法不
把親愛的聽眾一個個
從瞳孔那一點
剖開

他們說感受到血的奔走了
他們從切斷的骨頭裡喊出痛的回響
他們一臉破碎有時可拼圖有時不
他們告訴其他的他們平常日子裡的

我如何撿起地上的影子把自己從頭
包紮，緩緩如地球轉動
直到腳趾不露

痊癒的時候世界不一定比我
更厭棄我
即使站著，我也無法不
允許親愛的聽眾一個個
把我從腳板那一面
剖開

孩子活不下去的地方

火車讓我暈船
次數越來越頻密
今朝車廂連搖晃都是擁擠的波浪
車長透過廣播：
「看了新聞，
乘客若有感到身體不適，
請在下一站向月台職員求助。」
半晌又廣播：
「讀了詩，
乘客若有感到身體不適，

請在下一站向月台職員求助。」
下一站門如常彈開
但是我看不見月台看不見職員
甚至看不見平時搶著踩進來的腳
只有空蕩蕩的黑只有暈眩迴旋的深淵
我想抓住欄杆
耳邊有把年輕的聲音叫我跟著
往下跳——

你們生下美麗的耳朵

有右
有左
一刀刀
切下來
不聽話的

若果真理只有一個
咖啡和神
不存在

立場

影子是太阳底下
最反詩和高潮的
它旁觀自己的痛苦
和快樂，不造作
即使一地飛舞
也不脫下沉默
黑純粹面無表情
使周圍更加慘白
影子歪在牆壁上看

自己推倒命運
把生活磨成顏料
給自己上色
一層層
有的喧嘩
有的蒼涼
有的雷電交加
趁外頭輸不起一場暴雨

等有一天
自己死了
影子找不到接替

身上的抽屜通通鎖上
最強的春藥也叫不出聲音

請坐催眠師請坐

——給臺灣

歷史還要追記多少
善良怎樣面對你狂暴的起伏
不堆砌沉默
不浸泡仇恨
不把夢懸掛成鳥籠
四面環海忙著四面環海的大氣層
城市習慣了包圍山脈
風雨和文明告訴你
島上的人
還會在繁忙路口和環保的樹下碰面

他們知道時間是一劑麻醉針
他們願意幸福更加爐火純青
他們希望孩子多一雙翅膀
他們祈禱出神入化的催眠師到來
餵你吃一把催眠草
讓你看手中的水晶鍊墜
看著閃爍，看著搖晃
搖籃讓你沉睡
沉睡到天空厚軟的雲層深處裡去
地牛，你不准再翻身。

永恆的童年

生為敘利亞的小孩
自然要用敘利亞的姿態睡覺
有倒臥式
在離散的沙灘上
有仰躺式
在化武煙霧迷漫下

集體不被喚醒的
孤獨
是撒旦也就罷了

地獄充滿笑聲
但它竟然是上帝
執意玩著沉默的遊戲

成雙

愛情做了夫妻
就和魔術師分離
麵包恢復麵包的模樣
蜜糖開始告發蜜糖的有效期
我們日常收拾小孩的日常
小孩收拾我們的夢

總有吵得兇的時候
黑得以為看不見明早的太陽
把心一狠

下輩子對你的愛
先拿來這輩子用

為政

有時被褥凌亂
有時收拾整齊
有時關門
有時不

黑暗從來敏感
像私處突然被
亮光摸到了
高潮或者
羞怒

我們
假裝
若無其事
願意
也就沒事

峇罪

緩慢是罪惡的
人類不原諒
他們規劃前後：「要有城市」；就有了城市
有了焦慮的光

焦慮的光
追趕著街縱巷橫
追趕著階梯電梯雲梯上下
追趕著你衝入一棟棟高矮肥瘦的建築物
追趕著我飛出一棟棟肥瘦高矮的建築物

忘記它們曾經是石頭
石頭不懷好意的曾經
被採石廠和搬運工綁架
離開了山林
被鋼筋來回戳穿自然與固執
離開了自己
被信口每片雪花都有獨一無二聲音的地產商所扭曲
離開了離開
再堅硬的夢
也滲出痛苦的水份

石頭沒有自殺權
只能對旅客和閒蕩者偷偷
哭那撕毀的皮膚換來空運花瓷磚
哭那挖空的眼睛戴上落地玻璃窗
哭那土掩的鼻孔穿插迂迴排風管
哭那泥封的嘴巴安裝巨型廣告屏幕
固定在不固定中
切割的靈魂剩下面積，剩下尺寸

城市是一種罪行
逼使石頭成為惡的概念
逼使你我定居其中

而怨恨光
一再修訂復仇的計劃
一直沒有忘記
祝福彼此尋獲黑暗的愉悦

懸響

——香港十八區巡迴詩會集句三首之一

彷彿思考火車軌在哪裡
讓空氣各自染成同一種顏色
不時有你平凡的姓名，像你活了
往往只是一堆行走的形狀
共謀一塊橙皮

如果絕望是甲胄
回聲刺痛撈月人
走吧。我可以要回自己的全部
我從來一無是處

需要用這麼一場雨去淋漓

修理鐘錶的師傅，不懂修理聲音
它們在雨天中途感受潮濕的可貴
濕了肩膀的作家們都擠進去

把憤怒收割
飛出來一群又一群大雪鳥
只是拉著的弓已經收不回了

後記：詩句原見洛謀〈狐狸〉、黃鈺螢〈輪迴〉、周漢輝〈末日〉、跂之〈如死如生〉、宋子江〈菠蘿包〉、關天林〈給多邊人的確診書〉、黃潤宇〈井中〉、洪慧〈如果我是自由的〉、吳耀宗〈Narcissus〉、熒惑〈枯榮〉、萍凡人〈今夜鳥節路很安靜〉、池荒懸〈新的垃圾〉、袁兆昌〈給聖勳的悼詩〉、關夢南〈小詩兩首其二〉、蔡炎培〈思念〉和曾淦賢〈知更鳥〉。

高密度

——香港十八區巡迴詩會集句三首之二

伸進鋸齒空隙，領取晚霞
沒有人能勝過天空
照明燈不照照不了的地方
今朝車廂連搖晃都是擁擠的波浪
樹外仍是樹，勉強擠迫

我們的詞鋒只是像幽靈船的迷蹤一樣
一顆顆黃色的孩子
患了一場失語症，丟失的聲音卡在
另一老區，焚化爐在對岸呼煙

便以為你將擁有新的溫柔
和你對望又彷彿找尋甚麼
時間與記憶與通行證，都將失效
然而當一個願望走得比身體快
也是一種反抗
尋不見。鱗片是會閃亮的
你的鼻子是那忠誠的內在

後記：詩句原見關天林〈給祝我不再失眠的友人〉、洪慧〈如果我是自由的〉、黃潤宇〈中國是個動詞〉、吳耀宗〈孩子活不下去的地方〉、宋子江〈虎地書生〉、熒惑〈枯榮〉、黃鈺螢〈輪迴〉、萍凡人〈今夜烏節路很安靜〉、周漢輝〈末日〉、池荒懸〈新的垃圾〉、洛謀〈狐狸〉、曾淦賢〈而下〉、跂之〈如死如生〉、關夢南〈小詩兩首其一〉、袁兆昌〈給聖動的悼詩〉和蔡炎培〈夏至〉。

再生火

——香港十八區巡迴詩會集句三首之三

穩定是甚麼力量
領導永恆的馬戲團觀眾
繞過黑暗和光明
劇烈的靜默已經釀好
只是害怕子彈穿過身體

器皿是十分脆弱的
她的腳尖有玫瑰
玫瑰被濫摘因此滅絕
我們的頭上沒有花

我們總是追不上事物的墜落
穿過座座山墳
出生，睡過那你不再睡的氧氣箱
在盒子裡讓靈魂重新長出肌肉
回復可載靈魂的體積
眼淚滴到天花板上，結出一朵
藍色冠花要開在永恆的眼睛

後記：詩句原見關天林〈給多邊人的確診書〉、吳耀宗〈Narcissus〉、萍凡人〈彌撒〉、黃潤宇〈井中〉、洛謀〈狐狸〉、關夢南〈小詩兩首其二〉、蔡炎培〈思念〉、池荒懸〈雨中蛾〉、黃鈺螢〈輪迴〉、熒惑〈我在一年之後的香港穿行而過〉、宋子江〈虎地書生〉、周漢輝〈成全〉、洪慧〈仰賴〉、袁兆昌〈給聖勳的悼詩〉、跂之〈搬家〉、和曾淦賢〈而下〉。

新四六言

——香港十八區巡迴詩會特別場@香港文學季集句

海在洶湧
我必死去
翻開石頭
我不知道

漆黑到底
為何吃水
還是，無辜
吞啊，苦口良藥
焚風低壓

海底翻出黑雲

生而為人
鷲雁天葬其身
遙遠的胃
等待救援

回到室內
世界尋找天使
神話故事
永遠離開石頭

頻頻回顧
我的秘密
躲在門後
如果可以

我們穿越
堡壘之門
詩是血液
不是石頭

後記：2016年11月13日早集句，用十八區巡迴詩會特別場的十三首「石頭詩」，每首取兩個四言句，或一個四言句加一個六言句：全部六段，五段四句，一段六句，詩成。詩句原見曾淦賢〈絕石〉、熒惑〈翻開石頭〉、黃潤宇〈窟〉、洪慧〈滿嘴石頭〉、池荒懸〈卵石——兼贈S.N.〉、李顥謙〈石頭記〉、梁匡哲〈花崗岩〉、不清〈台州天台山〉、吳耀宗〈生命沒有不同，包括石頭〉、彭依仁〈錦石〉、關天林〈拓樸〉、萍凡人〈石城十四行〉和潘國靈〈勿叩詩門〉。

借海的翅膀飛

——香港十八區巡迴詩會第八場詩題成十四行詩集句

狗累嗎？Post-中年教學
讀《灣仔情歌》有感
背包油麻地的夜
蛋卷與卷蛋

瞑晦視明，海洋公路
悉尼海事博物館門外
接吻的青年入目
灘塗虛妄的水，你從我來

我的朋友，我常夢見人
超人間級，駛往安息果醬
悲傷的時候去拉屎分身
十一月短歌別來無恙

有一天，我們會像海一樣生活
有一天，我們會像海一樣生活

後記：這也是一種集句。我用十八區巡迴詩會第八場的所有24個詩題（包括1附題）寫成伊莉莎白體十四行詩，押「ABAB，CDCD，EFEF，GG」韻。這些詩題依次為〈夠累嗎〉（洪慧）、〈Post-中年〉（吳耀宗）、〈教學〉（郭紹洋）、〈接吻的青年——讀《灣仔情歌》有感〉（曾淦賢）、〈背包〉（陳子雲）、〈油麻地的夜〉（洪曉嫻）、〈蛋卷與卷蛋〉（徐焯賢）、〈瞑晦視明〉（陳子雲）、〈海洋公路〉（洪曉嫻）、〈悉尼海事博物館門外〉（宋子江）、〈入目〉（徐焯賢）、〈灘塗〉（黃潤宇）、〈虛妄的水〉（梁匡哲）、〈你從我來〉（池荒懸）、〈我的朋友〉（陳康濤）、〈我常夢見人〉（李昭駿）、〈超人間級〉（關天林）、〈駛往安息果醬〉（關天林）、〈悲傷的時候去拉屎〉〉（陳康濤）、〈分身〉（熒惑）、〈十一月短歌〉（黃潤宇）、〈別來無恙〉（郭紹洋）、〈有一天，我們會像海一樣生活〉（李昭駿）。

向歷史鳴槍

照例給個拋物線的說法
舉凡上升的
必落下

（警察不再相信）

照例給個詩學的論證
舉凡時間的空間的
必消逝

（人民不再相信）

那一夜據媒體報導
兩枚彈頭
氣昏了頭
一直沒有回返地面

（香港不再相信）

後記：2016年2月8日大年初一深夜，旺角發生警民衝突，一名交通警察向天開了兩槍。

海馬散步，留下（一）

水水水水水水水水水水水水水水水水水水水水水水水水
水水水水水水水水水水水水水水水水水水水水水水水水
水水水水水水水水水水水水水水水水水水水水水水水水
水水水水水水水水水水水水水水水水水水水水水水水水
水水水水水水水水水水水水水水水水水水水水水水水水
水水水水水水水水水水？……水水水水水水水水水
水水水水水水水水水水水水水水水水水水水水水水水水
水水水水水水水水水水水水水水水水水水水水水水水水
水水水水水水水水水水水水水水水水水水水水水水水水
水水水水水水水水水水水水水水水水水水水水水水水水
水水水水水水水水水水水水水水水水水水水水水水水水

囚室

「本週水星繼續逆行⋯⋯」
同年生的星座專家這麼說
熱得我縱身按住地球
向火星吐一口火燒的痰
起腳猛將水星
踹回去

說時遲，那時
石光電火了白袍們飛撲而來
按住我，白床伸出皮帶

重新環抱我
扭動，注射，白天花板扭動
白牆壁白地磚白門窗又把我
壓縮成活脱脱
的一個人

昨晚福柯去散步
焦慮的臉部有光
我們穿越幽暗的公園
一名露宿者身上覆蓋的
厚紙皮寫著：
「帶我離開人類」

愛

淪為盜竊幸福的賊
的同時要遭受日常
重複嚴刑拷問

我總會從虛招來
避開那些堅硬疼痛的桌椅
它們要求具體而微
錄口供
我先重複：

執子之手，與
小國寡民
在放浪的綠草地上
拋飛騎士的紙鳶

我再重複：
貓犬之聲相聞
老死
不用手機
用手

溫暖的身軀

靠過來。
生活又從另一邊
給了我一棍

小冤家

——給渣咋

遜色多了，狗的
性格你不會
諸般技藝你不會
比如叼來拖鞋或拋出的小球
最起碼也對要遠行的主人
噙那麼兩眼的淚

你只顧
比我忙碌
出出入入

這磨損的行李箱
把我忙著收拾的
翻江倒海，然後
在我吆喝聲中竄逃

忘記出入的次數
讓我偶爾
被海關人員搜查時擔心
箱子打開
你會「喵」一聲躍出——

土地儲備

那些狂奔者爭先
排山
倒
海
他們
恐後
死神窮追
反正逃不出速度
的詛咒

我選擇
綠
散步
或者
春耕秋收

豬頭

來到他們堅冷手掌心的必然
逃不出九曲十三彎計算
廣告裡跳出獅子吼：
知識就是力的量
只有企業可以
點燃教育的熊熊聖火
測題的目光寒閃
切下一堆堆真金
白銀的手指

嚴密的狂歡四周包抄過來
不允許三驅
不允許任何可能的缺口放生一滴眼淚
他們用浪漫主義的瓷盤端上來
我是一顆無以倫比的豬頭
碩大深情的嘴裡塞了上林的爛橙
祭祀中對世界虔誠哭泣
然而我連兇狠的獠牙也沒有
就那麼一顆苦膽也讓屠宰者信手
賣給了患者
在信仰狩獵的時代鐵青著臉
中毒倒下

出發點

從地球上的任何一點消失
否則一直往前走
到最後，你會
回到孤獨。

路之所以漫漫修遠
是為了
向電鋸
喬木前撲後繼
高山嘎嘎轉動

大河毀約改道
蜘蛛當風抖抖手腳
織昨天沒織完的網
到最後，你會
回到孤獨。

愛與被愛的人
站在自己的對立面時都目露兇光
你像擰得一地的水
阻止不了浣好的衣物
在烈日下曬乾
到最後，你會
回到孤獨。

在我不斷嘔吐石頭的時候

我把九牛二虎
都給了嘔吐
嘔吐石頭給了食道血的濕度
用來清洗現實話語的染缸可以嗎？
用來灌溉枯死的穴道和笑容可以嗎？

在我不斷嘔吐石頭的時候
不透光的人群為不透明的夢而夢
他們疲勞，悄悄打下繩結
讓將來死去的自己可以煞有其事
陳述玻璃捨身的遭遇

在我不斷嘔吐石頭的時候
男人向左甜言，向右蜜語
螞蟻爬上首飾，女人輕輕撥開一段關係
性別政治和前列腺一樣超速分泌
公義只能垂釣語義的深度

在我不斷嘔吐石頭的時候
有人安慰日漸貧窮的森林
說日光有信也好，說清水無魚也好
忙碌的行星終究是大財團道上累翻的驛馬
富貴隨時有浮雲的浪漫

在我不斷嘔吐石頭的時候
科技日新你月異我的情緒流動應用程式
外太空浮游著阿姆斯特朗的相機拍攝到
嫦娥私藏多年的斧頭飛過緊掩的窗
窗內學人文的人學用小數點計算陽痿的陰影

在我不斷嘔吐石頭的時候
大自然反咬知識一口，責任就轟然決堤了
高浪滔滔高樓坍塌群眾飛竄公務員來總結：
制度的縫隙太細
挖不出活埋的靈魂

在我不斷嘔吐石頭的時候
論辯多年的存在失去了你，失去了我
意猶未盡的我們再吶喊
吶喊不過大氣層黑洞，再魔幻
魔幻不過國家社會

在我不斷嘔吐石頭的時候
我揣摩石頭也有變壞的可能
集體背誦過的老魂靈
逐一退回到大動脈深處
等待最沉痛的一刀

履歷之類

姓名：
　非我的，想像我
　要在我身上開花

性別：
　是一條河
　與兩岸共謀而成

出生日期：
　方便生肖星座塔羅牌紫微斗數的說法
　方便結婚離婚

方便生小孩
以及我們的榮華富貴
以及他們的榮華富貴

出生地：
到目前
像太陽
只有一個

歲數：
分兩種：
深的，或淺的
法令紋

學歷：
「跪一人為師，生死無關」

工作經驗：
要麼被擦拭
要麼面對輸送帶
來一個，擦一個
來兩個，擦一雙
都是濕了又乾乾了又濕的靈魂

宗教：
鳥飛翔的時候問：
「有會怎樣？
沒有又會怎樣？」

性格：
「人有陰晴圓缺
此事古難全」

專長：
吸你以為很容易的呼
呼你以為很容易的吸

嗜好：
餵貓不餵狗之必要
用詩拯救亂世之必要
做善良人但偶爾使壞之必要
說明正正經經和負責人交涉之必要
看好電影但不喜歡被問甚麼是好電影之必要
不必要許多必要之必要

薪金要求：
給我多於不信任的關懷
我要用它追上日月山川

推薦人：
若干
之外
偶爾黃大仙

November

——擬洪慧

去死吧，十一月
去死——
都熱成這樣子了
你還有臉稱十一月

去死吧，十一月
去死——
都曬成這樣子了
你比十月無恥
十月只是輕輕撫摩過秋天

的皮毛，你自瀆後涼一涼
就膽敢號稱秋天

墳墓你若不自掘
我就插你雙眼
我就頂你的肺
我就往你頭上爆樽
我就挑斷你手筋腳筋
割掉你的春袋

我要一把火
燒掉你秘密的家鄉

燒死你地下的父老
讓你深深地後悔
秋天不是你說了算

步徒

——擬熒惑

只是回不去了以前，像迷失的路燈
連以前的影子也回不去
當信仰和抵抗不能在街道的兩旁各執一詞
我們在篝火前努力抄寫符咒
黑暗要求獻祭我們的命運
香港唯有下茫茫大雪
成就一種陌生刺骨的冷
烏鴉飛過所有隱藏的窗戶
我們更接近震動的火車軌道
但隨時全身而退，因為彎曲的雨傘被埋在

磚頭下，而儲物櫃裡還生還著雨衣
暴雨會再來，守候者知道
語言的土石流會沖壞種好的欄杆
所有守護的被揉成拳頭大小，謎底
無須揭盅，樓頂天台叫囂著理所當然的旗幟
夜晚給我們的髮角掛上疏落的星斗
一片拔起的新樓後面花鹿鳴叫成河馬
除了善良與勇氣我們沒有其他可以撐船前進

氣

——擬唐捐

碼頭酒

——給鄭單衣

詩句率領我們越獄
翻過記憶的鐵絲網
渾身是血
鐵的笑靨

我們各自保存生命的刺青
十二年不見
同時不見了十二年
風歸風，枯榮
繼續重組枯榮

雪歸雪，現實
不斷出賣現實
塵土淹沒了游向天空的魚

從天涯到天涯
我們在逃，不獲特赦令
從離島到離島
等候回家的尾班船
你說「萬葉散盡還復來」
我說「抽刀斷水水更愁」
今夜梅窩痛快的碼頭酒後
颱風將佔領一切

來，讓我們一起拔出
腹背生鏽的暗器
霎時骨頭劈啪燃燒
讓低到泥土裡去的細菌向我們懺悔
不敢蔓延
不復存活

人民

被吃的時候
我們不要硬記
劇痛如何無限地開拓它的邊境

要感謝那些深深陷入肉身的爪牙
是它們讓世界知道你
鬆脆鮮美
死有餘味

在沖繩屋我地島醒來

心偏，所以地遠
選擇沒有便利店
空出額外的勇氣去
走一些完全陌生的路
做更邊緣的夢

你看甘蔗最甜的部份
已經完成郊野波瀾的壯闊
黑夜想表現寧靜
到底藏不住雲的腳踝
沒多久又起風

木椅子懂得站起來喚醒早晨
與鳥聲。用最輕的撫觸
海外海的慧智
島外島的蟲屍
雨後的事，陽光多偏綠

最公平的鹽都在海裡了
潮汐前後撈起的不會更多
我們把浮動的氣泡和斷裂的珊瑚棄置
歌曲不留下，預言也不
終究甚麼都不留下

往島嶼上寬闊的地方一站
是否被上帝遺忘已不再關鍵
坦坦蕩蕩淋一場暴雨
愛繼續它的自由，活來
並且不斷深入死亡

在彼此的手腳中我們看明白自己
同步走向生命另一邊的同時接受
途中豐盛的垃圾來不及分解
血管裡骨子裡沉澱的由不得日月
抬頭望艷絢的繁花在天上飛

上邪

你，
一會兒看月球，
一會兒看地球。

我覺得，
你看月球時很無奈，
你看地球時很憤怒。

發展商

你在地盤看未來，
買未來的人在辦公樓上賣現在。
你的視窗裝飾了別人的夢，
別人驚醒的夢裝飾你的酒會笑話。

生命沒有不同，包括石頭

電火迸出的剎那
永遠離開石頭
一隻不屈服的靈猴大鬧
天盡頭，在五指的微握中翻觔斗
並且收服妖魔的

神話故事，對照無數岩石的
性命遭殺害
身首異處不同的城市
山嶺被鏟倒征服

有些閹割後通個隧道
任由繁忙與非繁忙的鐵獸進出

生命沒有不同
石頭也害怕扭曲折磨
它們切盼風暴來拋擲
可以回歸原初的所在
它們時刻記住人
和神手創的血海深仇
要百倍奉還

圍爐夜

老人放下眼鏡
餐桌上點起燭光

節慶懂得為記憶放倉
家總是在絕路前面回頭
的地方

雪落在雪上
人行在人上

回到來的孩子都聽話
清洗著骯髒的雙手

韶稚

那時以為海很友善
像條狗

撫摸著它的背脊
喜歡，就走
到時間的另一邊

動不動就鼓起風的形狀
的自尊心，骨頭
和其他的骨頭磨擦
火的聲響

告訴各種類別
我不屬於
狗不耿耿忠心叼回來的屬於

那時地獄鑲滿了五彩玻璃
青春是難過地笑著墮落

二十八年祭

夢裡的人群回到夢外的廣場
提著破碎的自己走動
他們看著我們
我們看著他們
彷彿認出在身上輾過的仇家

能飛的鳥都在天空裡了
地面的翅膀一天比一天少
如果喙尖黏滿的隱喻還清除不去
管理員繼續看守語言的
後花園，下的農藥一天比一天重

夢裡的人群要敘述遺失的敘述
夢外的廣場降至雪藏的溫度
史官摸透了直接跳
接跳加官
撒旦看了高興，而且不止一個
他們用食指刷屏
互碰酒杯談笑神的去向

夜奔

放開血液你拚了命逃離
一路緊追不捨的海拔

夜夜夢深你曾經一臉慘白
從他背後抽出鋒利的光芒

一路喊魂足夠安息嗎？
喊得土地和山鬼都亂了手腳

黑了石階黑了亭柱黑了懸崖往下看
四方焚雨以火，鼓點落落

冷不防一道閃電伸張五指
抓起水中沉得最深的一副骨骸
他看見岸邊錯落有致的野花
想著教你如何策馬過河

群體

飲水與否
已經不關低
不低頭的事了

密集地與自己以外的人
生活到不能
再遠一吋的時候
形成愛
生存到不能
再近一呎的時候
形成恨

猶如牛羊群但無從下來
失去飛翔的草原
定點在特製鐵欄內
吃
喝
睡
夢
等著
而且等著

任何時候
贖寒光閃閃的
屠刀的罪

落空區

希望是唯一比恐懼更強大的恐懼
你聽見它
一面謀劃
別人精彩的傷口
一面複述：
三十六計，愛為上計

你學習好
吞吐長了翅膀的隕石
它們有點潮濕
但總算是一種獲得
讓我們可以生活下去

剩下的冰雪給了我們聰明

死亡並不限於壓倒在萬物
引力之上然後完全靜下來
河川給我們看上游愈敗壞
下游愈充滿新痛苦的富庶

波浪不斷被泡沫塑料嘔吐
魚蛇爭相吞食衰老的輪胎
小孩帶回去染料漫延的愛
比以前亮豔的臉龐像電鍍

幾代人用幾代電器的狂暴
把夏天拖拉到南北最邊境
鯨魚逃出海深逃不出沙淺

瘦熊脱下呼吸脱不下皮毛
剩下的冰雪給了我們聰明
持續靈魂的肉體要放棄鉛

我們說話的方式

老在說失去
說多了也就佔領了失去
像傳說中斷裂四散的盔甲
上面傷痕纍纍
你摸不到肉體和骨骸
殺伐一直在

在花下認識的
通通被抽走記憶

誰要信手捉起個甚麼信物
立刻四面旗幟豎立
鼓響暴雨

彷彿世界有了彩色
而且分色愈細
便不願只有黑白
傷口和藉口
比較赤艷的勝出
贏走所有禮物

老在說黑夜

說多了白天也變成了黑夜
語言是捕獸器
被眼睛看見時
草叢已平靜如初

小山廟

山對面那些趾高氣揚的以為我耳背
開口說征服
閉口全是金光燦爛的項目
他們不放大自然在眼中
更甭提一切慢速的肉體和骨骼
他們勒令鋼鐵到處飛
他們的靈魂尖銳得刺出血
讓我遠遠地走避

風濕的疼痛又把下午的路拉長了
街市只留給我土地婆傴僂的身影
她滿眼笑意說今天撿到些好東西
回去給丈夫做個小菜賀壽

害怕

小徑走多了
忘了原來懂得飛
天使打開
找回來的翅膀

附錄

（一）「我喜歡我是塵埃的樣子」——吳耀宗訪談

洪慧

「因為你，我喜歡我是塵埃的樣子」，詩句出自〈藏身——與妻在希臘〉。詩作雖是寫給妻子，其實卻很適合形容吳耀宗外柔內剛的個性，塵埃般心細，隨風隨和，卻又高揚致遠。一年前的新年，一群詩友在大埔街市熟食中心團年。說是團年，其實很多人大家都是那天初相識。在座各人，陳康濤、熒惑、關天林、周漢輝、彭礪青，七十後、八十後、九十後，都有。我就是在那次認識了吳耀宗。杯盤狼藉時自然要讀詩，批評砥礪。槍打出頭鳥，無妨，我自是一馬當先便讀。〈因此世界並不屬於誰〉（節錄）：「我相信火焰並沒有靈魂／【……】／就連人類也可以沒有／因為靈魂本身並不存在／你必需向火焰裡爭取／贏回你的靈魂」。我很記得，他對這首詩作的疑惑是詩中明言「火焰並沒有靈魂」，那為何末段又指你必需向「火焰裡爭取／贏回你的靈魂」？豈不自相矛盾？他真是非常細心，注重詩歌整體結構，而且非常重視詩歌語言。大家談得不亦樂乎，關天林還把《本體夜涼如水》分贈各人，豈知吳竟說：「不用送，我早就買了。」不禁暗自驚歎，我這個香港土生土長的還未買，這個從新加坡來的教授竟然早已讀了，可謂緊貼地氣。那是2015年2月。

與香港的因緣

吳耀宗生於新加坡，求學美國，之後來港教學十年。十五歲，應報館招募去當學生通訊員，類似少年記者之類。他在課餘時間報導學校、社會活動，順便賺稿費做零用錢。就是這時他認識了報館的編輯：詩人夏心。夏心會在工餘時跟他談詩喝酒。就開始了寫詩。1988年，他便以筆名韋銅雀出版了第一本書：詩集《心軟》。除了詩，他還有寫散文、小說。雖云是2006年來港，但他跟香港的因緣其實可以追溯到2002年。那時他出版的小說集《火般冷》，便有也斯為其作序。然而他卻是2013來才首初於本港刊登詩作。問起箇中原因，他說畢竟人生路不熟，還未理解香港文壇的情況，潛隱深埋，宜乎其然。而香港文學自有其風貌，門外堂奧，亦講機緣。他更笑指，初來香港時也曾遇過好些非常不友善的狀況。然而，他以為這實在不是香港的問題。畢竟人性難免會對陌生的外來者，格外警惕和保留。這又有點像世代之間的警惕，時代各異，教育不同，先行者亦時會對後來者略帶保留。最糟的情況自然就是唐捐的〈I．老人暴力團〉：「噢，學弟，你作牛作馬兩年大頭兵，想必好想作作人／——憑良心講，作人真是爽，但他哥告訴我：／『孩子，你必須先成為老人／才能成為人。』」

但吳耀宗的情況於此卻是大異其趣。新華文學裡，吳乃健筆無疑。但在香港的身份卻未免尷尬。廖偉棠便說他無論在內地或香港，人們都只能將他視作新人看待。文學在香港本非顯學，甚至香港文學一詞也是九七前後才越加備受重視。妾身未明，何暇及人。遠在海外的新加坡詩人，除非是這個範疇的研究者，實難識荆。再看一輩七八十後詩人，鄧小樺、麥樹堅、呂永佳、可洛，或多或少，創作不輟更悉有教授寫作班。這讓他們有一方便之門去接觸一批批愛好文學的年青一代。反觀吳耀宗，來港之後好長一段時間都是教夜間課或是側重研究的課程，當時同僚之間，更戲稱他為「夜間專門戶」。學生鮮有創作，他跟年青一代的文學因緣遂無從說起。難怪前輩後輩，悉皆視之為新人了。

善刀而藏，胸中丘壑

吳耀宗眼光敏銳，個性卻是寬容豁達。2015 年他在香港出版的詩集《逐想像而居》，便找來比他年青的陳子謙作序。他對年輕一代的鍾愛不僅於此。「晉文王稱阮嗣宗至慎，每與之言，言皆玄遠，未嘗臧否人物。」吳耀宗也是至慎，其至慎卻用在披沙揀金，每遇詩歌可觀者，必定不遺餘力地推廣。他更著手編撰一本香港的 80 後詩選，希望在 2017 年初能出版。現時雖然 80 後選集，他認為這推廣好詩並非是證明自己的審美，更是因為好詩理應得到關注。在他穿針穿線下，他便曾把西草、米米等年青詩人引介到台北，與齊東詩社和台灣詩人顏艾琳、孟樊共同辦了次詩會。但吳耀宗並無厚此薄彼。他亦在城大辦了一系列的「香港作家講座系列」。編《香港 80 後詩選》，辦「香港作家講座系列」，為的是甚麼？吳耀宗自言：「為的是——『深刻』。『深刻』不只是一個形容詞，更是兩個動詞，它指的是『深（進去）』，和『刻（出來）』，就像雕刻，要深進去才能刻出來。在我人生的香港歲月裡，在低調渾沌的前六年後，我回到文學裡找到可以『深刻』的事與物，人與時刻。當然，也可以換個角度說，『深刻』用了六年的時間才來到我面前，讓我把握住，它引領我進入另一境界和視野，不管是進行文學創作，還是從事文學活動。」

論深刻，論推廣之用力用心，在詩選和講座之外，不得不提吳耀宗發起的「香港十八區巡迴詩會」。顧名思義，便是要走遍香港十八區舉行讀詩會。香港的詩社或曰文學團體其實不少，較早期的呼吸詩社、零點詩社、再到較近期的關於詩社、煩惱詩社，在所多有。但不是同儕式讀詩，便是聚在一起搞刊物，成員之間的審美取向多較相近。但十八區完全不同，不是定期聚會，也不是聚眾編詩刊，而是開宗明義要透過讀詩會把詩推廣到社區。而且更有趣的是眾人詩風各異，光是喜歡寫基層草根的周漢輝就和意象跳躍浪漫的梁匡哲，南轅北轍。成員有些是字花編輯，有些是聲韻詩刊編輯，有些是書寫力量的成員，老師學生教授甚至閒人如我，七十後八十後九十後，皆有。三山五岳，讀詩共事，本身就是一次又一次審美和個性的激濁揚清。既缺經費，復無先例，偏偏吳耀宗就是打點聯繫，眾人協力同心，由觀塘工廈到梅窩沙灘，一場又一場的被大家無中生有，讀詩論詩。若非其得道多助，聚人附眾，真是斷斷難以成事。前輩後生，在所多有，蔡炎培、關夢南、淮遠、禾迪、鄭單衣、羅貴祥、潘國靈、廖偉棠、曹疏影、袁兆昌、李顯謙、施澄音、林希澄、凌志豪，寫不勝寫，難以盡錄。

同樣是辦詩會，同樣是由外地而來，「十八區」與北島所辦的國際詩歌之夜可謂各有千秋。北島所邀請的詩人多為外國著名詩人，在兆基創意書院裡那晦暗不明的禮堂裡，香港的讀者可謂大開眼界，一連兩夜能夠一睹各地詩人的風采。尤其是緬甸詩人 Zeyar Lynn，陳康濤、熒惑，和我，可算是第一次領略到詩歌朗誦的魅力。國際詩歌之夜過後，我們帶他到廟街吃海鮮，陳康濤、熒惑還在夜裡跑回中大跟 Zeyar Lynn 讀詩至深宵，那時光，一輩子都忘記不了。讀詩不光是讀，節奏、輕重、站位、眼神，悉為重點，就連不在讀時的停頓、沉默，都是讀詩的一部份。國際詩歌之夜，可算是盛況空前。吳耀宗承其緒，則反其道而行之，北島立足國際，也是來到第三屆才有「香港之夜」，吳耀宗則在地紮根，深入民間，邀請本港詩人為主。而且國際詩歌之夜，基本上詩人讀畢即了事。十八區卻不然，前輩詩人讀畢，年青人可以立即在討論時間求教質疑，年青人讀畢，先行者亦可點評鼓勵。我想，文學原是獨裁的，詩歌更是。其獨裁處不在現世，而在作者必須貫徹一己的審美。詩歌的意義本不在普及，而是追求絕對的精英制，與及一意孤行的壯絕，窮盡其一切形式，或精巧或粗獷任性率情，而以世俗宣判曲高和寡告終。偏偏吳耀宗就把先達後學都滙集同流，各種審美個性就在朗讀裡揣摩實驗，在討論中檢討改進。明明是孤絕的路，吳耀宗就有這個能耐讓人體認到「德不孤，必有鄰」，每次詩會都有得著，此又是其個人魅力所在。「自吾有回，門人日親。」，他卻是一人同時身兼老師和弟子兩個角色，還真是忙碌。

百川納海，集句懸響

吳耀宗自言其對詩歌的審美相對保守，他相信詩當如聞一多所言，需要帶上鐵鐐跳舞才能更顯詩人對語言的把握和探索。有些人跳著跳著便不知所以，有些卻是越跳越迷人。像擬俳句吧，便應遵守以五、七、五三行十七個音組成。而俳句中必須有一個季語，即用以表示春、夏、秋、冬及新年的季節用語。若無法符合俳句基本要求，便不應自云「擬俳句」。雖云保守，實則他對詩歌卻總是能保持開放。又如圖像詩，只要作者認為這種形式最能表現當下的情感，足矣，毋須以「偶爾為之」去開脫，亦無必要迴避。「形式就是心態，寫詩不能總是重複。」談起詩究竟是否需要有一條線，必須跨越這個門檻才能稱之為詩。他說：「那就是語言。」確然，詩的語言，要在精煉、準確、出其不意。他指出，這並不代表我希望所有都是寫同一類詩，詩歌最要緊還是百花齊放。寫作必須要自由，否則文學便會失去生命力。你可以信仰一個理念，但你不能讓信仰扼殺其他可能。他意味深長地望著我說：「正如你啊，你也不想到處都是洪慧，個個都寫你的風格吧，詩壇只要有一個吳耀宗便好了，否則這便代表人家要學你的都能學得來，詩歌的個性在那裡呢？各種寫法皆可，只要寫得好便可以了。」他著眼於多元不悖，因為那關乎胸襟和器度。「文壇啊，如果只有瞧得起，瞧不起，也是太無趣了吧。」但，冤枉啊。我豈會要求眾人都是以情感語氣為詩呢，我著眼是詩人必須堅持自己的審美，必須要跨過門檻始得為詩，我用風骨氣性去審視詩歌，只對詩歌和自己的審美負責。吳耀宗卻是百川納海，代入對方的審美去評論，是故他總能欣賞對方的思路，此即其可人處。且觀吳耀宗的〈懸響〉：

彷彿思考火車軌在哪裡（洛謀〈狐狸〉）
讓空氣各自染成同一種顏色（黃鈺螢〈輪迴〉）
不時有你平凡的姓名，像你活了（周漢輝〈末日〉）
往往只是一堆行走的形狀（跂之〈如死如生〉）
共謀一塊橙皮（宋子江〈菠蘿包〉）

如果絕望是甲胄（關天林〈給多邊人的確診書〉）
回聲刺痛撈月人（黃潤宇〈井中〉）
走吧。我可以要回自己的全部（洪慧〈如果我是自由的〉）
我從來一無是處（吳耀宗〈Narcissus〉）

需要用這麼一場雨去淋漓（熒惑〈枯榮〉）

修理鐘錶的師傅，不懂修理聲音（萍凡人〈今夜烏節路很安靜〉）
它們在雨天中途感受潮濕的可貴（西草〈新的垃圾〉）
濕了肩膀的作家們都擠進去（袁兆昌〈給聖動的悼詩〉）
把憤怒收割（關夢南〈小詩兩首其二〉）

飛出來一群又一群大雪鳥
（蔡炎培〈思念〉）

只是拉著的弓已經收不回了
（曾淦賢〈知更鳥〉）

集句詩當最能體現吳耀宗博采多端的特點。〈懸響〉的集句範圍乃是第一次十八區詩會的詩作，從眾人的作品中採掘一句，聯綴成詩。集句詩早於宋代便已發展成熟吳耀宗要從詩會的詩作集句，首先就一定要把詩深入揣摩一遍，去蕪存菁，若不能代入對方的審美去思考，萬難成事。全詩句子取自多人的詩作，如關夢南，熒惑，曾淦賢等。像關夢南多寫生活困苦，追求語句平實。至於熒惑則好以綿密意象為詩，立意宏大。曾淦然的詩自我明顯，情感強烈。將不同風格集句成詩，需要重組、綜合、焊接不同的節奏和關懷，吳耀宗可謂將不同的詩句融會貫通，渾然成篇。〈懸響〉乃變成抒發身不由己，無何如何之情的詩。詩作的意象轉換得非常流暢，氣氛絕望，姿態決斷。偌若以為集句只是將各詩的好句綴連成篇，此即大錯特錯矣。集句有時其實要顧及文意或節奏而放棄佳句，否則起承轉合皆會失衡。全詩未必句句皆屬原詩的佳句，但連綴而成卻大有可觀。吳耀宗透過集句，不單將十八區的詩作賦予截然不同的面貌，更在類似仿作推敲的過程中吸收不同詩人的好處，讓他的詩火恆久不熄，推陳出新。

電火迸出的剎那

在創作上，吳耀宗鮮有以前輩老師自居，他認為自己是否「香港詩人」其實並不是一個關鍵的問題。他說：「你問我覺得自己是否香港詩人，我倒要問回你，你覺得我又算不算是香港詩人呢？」畢竟他本身就是逐想像而居的人，他著眼的不在身份，而是在文學的語言和想像。事實上，外來者一直是香港詩歌的重要一環。譬如〈蕭紅墓畔口占〉，作者戴望舒自然是內地詩人，但這首詩卻是明明白白的寫淺水灣，少了這首短篇名詩的香港詩歌史，注定殘損不全。黃燦然的〈哀歌〉，曹疏影的《金雪》，在在皆是此例。事實上，外來者抵達此地，也總是要較常人花費更多心力才能獲得應有的肯定。吳耀宗在訪談時便表示非常佩服廖偉棠對此地的付出貢獻，《和幽靈一起的香港漫遊》，以香港各處為對象，詠史抒情。另一本是《浮城述夢人》，不單為眾位香港重要的文學作者立傳，更是出色的詩歌評論和散文。然而，觀其結社、寫作、辦講座，吳耀宗其實又何嘗不是默默耕耘香港詩歌呢？翻看《逐想像而居》，不乏書寫香港的詩作，譬如〈回返大埔街市現場〉、〈和旺角相關的言說〉、〈水狀態——我們在七一〉，〈城門開——聽廖偉棠說詩〉、〈地斷氣——新東北抗爭〉。詩人對香港的關注和認同，在陳序中便有詳細的討論。更令人意料不到的是，他的詩風本應早就成熟定型，沉穩紮實，他卻能處處能推陳出新，且看〈生命沒有不同，包括石頭〉：

電火迸出的剎那
永遠離開石頭
一隻不屈服的靈猴大鬧
天盡頭，在五指的微握中翻觔斗
並且收服妖魔的

神話故事，對照無數岩石的
性命遭殺害
身首異處不同的城市
山嶺被鏟倒征服
有些闇割後通個隧道
任由繁忙與非繁忙的鐵獸進出

生命沒有不同
石頭也害怕扭曲折磨
它們切盼風暴來拋擲
可以回歸原初的所在
它們時刻記住人

和神手創的血海深仇
要百倍奉還

或者是閱歷，或者是年紀，或者是身份關係，吳耀宗的詩就算是至激昂處仍是帶著節制的自覺。但這首卻是完完全全另一種風格。「電火迸出」，全首起句便已充滿爆發力。「一隻不屈服的靈猴大鬧」雖然感覺略嫌老派，但詩歌情感越往後便越見飽滿，石猴的典故至後段已無足輕重，詩歌可謂漸入佳境。所謂岩石可以是人民，更讓我聯想到在上位者鐵石心腸。將人物化，便是指肉食者心中壓根沒有把人當人看。全詩用字激越剛烈，「鐵獸」、「閹割」，著力描寫石頭儼如被驅趕的牲畜之苦。吳耀宗在於此詩顯出其深明詩歌的推進，第三段的石頭，不單要「回歸原初」，更要人類償還代價，詛咒人類，時刻記住人「和神手創的血海深仇／要百倍奉還」。此句可謂在全詩中至為關鍵，詩人的叛逆個性盡見。石頭不單要向人報仇，更要挑戰神，要神和人還清「血海深仇」。這種態度豈是前輩詩人常見的寫法，這更像是一位血性少年。還不夠，更難能可貴之處，在於全詩決絕激昂之餘不乏同理心，「生命沒有不同／石頭也害怕扭曲折磨」此兩句在全詩中又突然表露出吳耀宗的體察細緻，在加速突進中，適時轉折，亦是呼吸收放之道。

對香港詩歌的一次詰問

吳耀宗不單勇於實驗，其力求突破之心，更是在有意無意之間扶持了年輕一代。譬如周漢輝擅長以賦，白描的方式書寫草根基層的生活。他的詩敘事性高，亦喜歡對不同場景作細緻描寫，其詩更是出了名篇幅較長。他的詩適合閱讀，但未必適合朗讀。在國際詩歌之夜的香港之夜裡，周漢輝自然也是讀他擅長的風格。然而問題來了，他的詩其實比他想像中還要長，還要難讀。據說他讀畢以後，同場的廖偉棠便笑問：「你沒想過自己的詩是那麼長吧？」這是國際詩歌之夜的香港之夜，那時十八區詩會還未誕生。然而一次又一次的十八區詩會讓周漢輝能不斷揣摩朗讀的策略。他當然會堅持他的風格，但他開始有了適度的調整。在逢時書室讀詩的那次詩會，一開始還是走在老路，讀到一半卻猝然如有神啟，我清楚記得他變得揮灑自如，詩是一個樣子，讀出來卻可以適時變成口語，驚喜處處。國際詩歌之夜畢竟是屬於國際詩人的，風氣是開了，卻還未夠，我們眼睛開了，卻缺乏機會去嘗試。吳耀宗舉辦的十八區詩會，實在是一次次珍貴的機會讓我們香港詩人尤其是年青一代去檢驗自己的審美和器度。渡己渡人，可謂此義。他推動的不僅是詩會，其實更是在對香港詩歌裡對賦體審美的詰問、豐富和更新。吳耀宗作為外來者，不單向先行者求索，亦是時刻面對後學，比不少香港詩人更深入香港文學當中，而且更反過來影響香港詩歌，意義非同小可。

《中國詩人》（節錄）

黃燦然

於中國，聽命於漢語，
很晚你才明白這個道理，
就像身為中國人，很晚
你才發現自己是漢語詩人。
【……】
更年輕的詩人談論你的言行，
不是因為你需要被他們寬恕。

訪談時，吳耀宗問起，你有讀過黃燦然這首詩嗎？他說「其實這詩很能道出我的處境，我雖然不是生於中國，但漢語卻是逃不了」。同樣的漢語，黃燦然，可以寫出連篇累牘、深廣宏闊的〈哀歌〉，一變卻又可以寫出清澈通達的〈中國詩人〉，再變甚至可以翻譯出卡瓦菲斯詩選。因此，對我而言，明白自己是誰固然重要，更進一步，是要如何發揮你的特質。漢語詩人可以是幫助你釐清身份的利器，亦可以是讓你墜落的包袱。有多少出色的漢語詩人，就有更多默默無聞平庸不堪的詩人。《中國詩人》，我更看重的是「更年輕的詩人談論你的言行，／不是因為你需要被他們寬恕。」每個人都始終會遇到更年輕的詩人，始終逃不出他人的評價。可以說，每個人自有其角色。但人，不能愧對自己的角色。吳耀宗選擇的就是一條通向香港，通向香港詩歌的路。他的創作、工作、妻女、朋友通通都在香港，他不單寫詩，還要為香港詩人搭建十八個舞台，說他是詩人，他還是文學策展人。八十後就是比你更年輕的詩人。確然，更年輕的詩人不是來寬恕。我們是來經歷你所交付的奉獻，來和你砥礪琢磨。這個回應大抵是遲了一年，但卻適合。「我相信火焰並沒有靈魂」，火焰可以是一次道德的試煉，更可以是漢語，我們必需用風骨氣性，用漢語詩歌去把漢語，把詩歌逼向更高更遠的盡頭。「因為靈魂本身並不存在／你必需向火焰裡爭取／贏回你的靈魂」。吳耀宗雖是小說、散文、詩作皆有涉獵，但是他在香港的這段日子，他明顯是在詩歌上用力最深，也是與香港因緣最深。飄飄何所似，他像塵埃般來到香港，有時用七年深隱埋藏，七年不飛，有時卻又隨風昂揚，像塵埃一樣和其他人交換風。我相信香港文學始終會記下吳耀宗這個名字，以詩人的身份記下吳耀宗這個名字。

（刊於《明報》，2017年1月1日，〈星期日文學〉）

（二）評吳耀宗詩集《逐想像而居》

廖偉棠

吳耀宗「但我們暗自淫亂」這句詩令我印象深刻，來自詩集《逐想像而居》裡一首寫「臉書」的詩〈遙遠書〉，頗不像學者詩人吳耀宗的一貫形象，但對於作為詩人同行的讀者來說，它既指向上網使用臉書的人的心理狀態，又指向一個詩人與文字耳廝鬢磨而不足為外人道的快樂。

常言道，學者之詩風流蘊籍，吳耀宗的詩中風流和驚艷的一面，也是深藏在蘊籍裡的。讀這本詩集，我最嘆服的是作為一位詩齡二、三十年的成熟詩人，而且一直在學院氛圍中進行創作，竟仍能努力打破自我定型，釋放詩歌中的慾望、氣概甚至頑皮、尖銳的實驗，這令他擺脫一般學院詩人難以擺脫的拘謹，嬉遊於文字的喜悅海洋中。

促成這一轉變的，不能不說是因為吳耀宗自2006年移居香港。他和許多年紀和詩齡都比他小的本土詩人一樣，自然而然成為與香港共命運的詩人，而不是歷史上曾見的過客詩人或者隱士詩人。在他悼念也斯的〈講香港故事的人〉裡他連接兩段劈頭的兩句「點火了他們」和「點火了我們」暗示出傳承，也暗示出加入香港故事言說者行列的決心。

吳耀宗來香港之前，已經是技藝相當成熟的「現代派」詩人，從他之前出版的作品可以見得，他熟悉現代詩的歷史和技巧，也頗有意識地遵循一條「正規」、「經典」的道路誠懇寫作，但真正的突破出現在《逐想像而居》這本更為入世的作品中，原本修煉的技術彷彿碰到一個閥門一樣噴湧而出，揮灑自如。也可以說，詩人吳耀宗在港人吳耀宗的身上得到了自由，自由來自對身處的城市的不自由的危機感，集中不少與這幾年香港的政治現實、民生矛盾有關的詩都成為了他最放得開的作品，像寫「七一遊行」的〈水狀態〉，一連串打斷正常斷句的「憤怒」之後突然昇華為「憤怒又從斗室流湧到街道上形成／地球的眼淚」就是這種詩歌的自由的表現。

不能否認，在詩集的多數作品中，吳耀宗骨子裏的傲氣與反逆之心，多少仍被雅馴的修辭中和著。我看到一個在當代華語詩歌中常見的現象，真正狂傲的詩人畏於人言而不得不低調或者「端莊」，實際上他並不想掩飾自己的才氣，只是來自八十年代學院詩歌的陳舊規則依然綑綁著他——當他「理性」的時候。

在吳耀宗的詩裡不時能見到這種矛盾，他平穩的中產階級生活、純粹的美學訓練驅使他的詩在某種恆定的美感中起航，這並不意外，精彩的卻是隨之而來的突進，從表面上的風花雪月突進到赤裸的現實諷喻，從傳統的低迴沈思突進到夾帶著戲噱的後現代挑釁。

這種矛盾有時是刻意為之的，它既忠實於詩人的身份變幻，也構成了詩人自我期許的一種魅力。吳耀宗的詩有種節制有度的幽默感，有時像瘂弦，有時像艾略特，是紳士式的。他的幽默感來自對文學史的熟悉，用典的時候順手拈來，但不忘鍊句，最後所有元素都在詩裡安排得齊齊整整。

相對於這些來自純屬的文學訓練的自覺之詩，我更喜歡他某些詩中的非自覺、非理性的成份，這些成份出現在一首詩的各個角落，有時是反諷的，像〈清醒的代溝〉裡「解開狗項圈，就釋放出道路／釋放路燈，立刻吞噬了黑暗」、「這世界飛動起來像一隻刻苦耐勞的蒼蠅」這樣的「無理」硬語，充滿活力；有時是深入內心最深處卻彷彿偶然得到的妙句，像《大冷天》裡我最喜歡的一句「從酒館步行回來的人／雪下三尺／必有他前世的屍骸」。

毋庸諱言，作為一位出身於新加坡的詩人，在大漢語寫作的場域中是不利的，吳耀宗這個名字無論對於台灣還是香港（內地更不必說）還是一位新人，雖然他早已自成一家，擁有豐富的詩歌經驗和明晰的詩歌追求。不過可以放心的是詩人本身有堅定的自我認識，一如〈離散〉一詩後半所表白：「我知道晚來的代價／要守住徹夜的痛楚／幸好詩／不急於排隊／而且我／飯量偏小／家徒四海」，「家徒四海」是一種非常大的自豪啊，用粵語俗語來說這是一種「暗寸」，能如此自詡的人是境界闊大的人，自然能讓我們對他充滿期待。

（節本刊於《澳門日報》，2016 年 6 月 22 日）

（三）藏身於明亮無悔的人間——吳耀宗玻璃詩報導

隱匿

初讀吳耀宗的詩，首先發現他的詩地圖非常寬廣（我的很窄，幾乎只有淡水），太多國家曾經入詩，而且每個地方的人文風景和社會事件，他都關心；第二則是用典，不管什麼文類的經典，他都敢拿出來拼貼挪用，即使是眾人耳熟能詳的，也是一樣。這些挪用，有些頗能為自己的作品增色，有些甚至能翻轉文意，成為自己的血肉，宛如天成。

旅行足跡遍佈全球的吳耀宗是第一次到有河，在這之前已約好寫玻璃詩。我很努力想避開當初一見鍾情的那首詩，找其他的來寫，但最後實在是太喜歡了，無法放棄啊！（後來才知道，原來香港的書寫力量也是挑這一首來抄寫，真是英雄所見略同。）

就算是同一首詩，耀宗終究是第一次在觀音山和淡水河之上寫詩吧！而且只抄了最後一段，這就是完全不同的一首詩了呀！我認為。詩人寫詩的時候，河貓花花全程陪伴。後來知道他也養了兩隻貓，兩貓感情很好，真是羡慕啊！

寫玻璃詩之前我們聊了好一會兒，在學院做研究的耀宗給了我不少啟發，比方他提到詩的結構與雕琢，遊戲性質與後現代的樂趣，詩的謎，以及詩人是永恆的說謊者……等等。因為不贊同這樣的說法，我不得不整理了紛亂的思緒。對我來說，如實寫下一首詩，比什麼都重要。而詩之所以成謎，只因為文字本來就是巴別塔，詩人之所以用詩來呈現某個世界，常因為那個世界是尋常文字無法表達的，而且詩寫到最好的狀態，多是出神的，那狀態超越作者的意識，可是，那才是真實。換言之，謎才是真實……等等等等。

此外我還記得，得知我的詩通常發生在挫折與頓悟之間，他恍然大悟說：難怪你的詩沒有太多意象，卻有許多格言和警句……類似這些評論與歸納，都是未受過學院訓練、直覺型的我做不到的。

後來我發現，他竟然是我剛寫詩時期即注意到的詩人韋銅雀，不禁感到驚喜！不過他已恢復本名久矣，過去的詩集也早就絕版了。倒是在他的微型小說集《火般冷》中，讀到韋銅雀的身影。

這首詩毫無疑問是放閃放到太過刺眼的情詩，將自己與愛妻寫入希臘的海與島，時光的傾斜與流動，而且為了這樣的美麗與深刻，詩人成了微不足道的塵埃，本願墜至極低，誰知又因為陽光與喜悅，而高高飛揚起來！（巧妙翻轉了張愛玲名句呀）

走筆至此，還有什麼樣的快樂能超越呢？詩人在消失與存有之間猶豫了一下，隨即轉向更明亮與無悔的人間：只要還能藏身於異地小巷裡，生命著的我們，已經足夠無盡的星空！

怎麼可能？人間竟可能燦爛過夜空，永恆過宇宙？最奇妙的是，討厭人、略微厭世的我，竟然被說服了！我想這絕對是詩所能完成的最不可能的任務啊！

（刊於《有河 Book. 樂多日誌》，2017 年 4 月 17 日）

（四）生命的纜繩，歲月的鉛筆刨——吳耀宗詩集《逐想像而居》讀後

余文翰

〈局〉是《逐想像而居》所收錄的唯一一首圖像詩，事實上它在吳耀宗目前已出版的四部詩集中也是獨一無二的；然而圖像詩並非詩人近來的嘗試，第二部詩集《孤獨自成風暴》的〈度夜篇〉以及首部詩集《心軟》的〈兩手之分〉都包含以詩行排列配合所寫內容的片段，不僅如此，夏心在《心軟》的序文亦提到詩人過去致力經營的〈掌〉、〈纏繞〉等圖像詩作，它們與〈局〉至少已相隔近三十年，詩人在技藝上的執著與勤勉、對待作品的考究與慎重由此可見一斑。〈局〉呈現了關於「困局」的圖像，以「忙」（碌）、「茫」（茫）、「盲」（目）、（鋒）「芒」、（死）「亡」等音近形似字組成「困」字形，並以「忙」字填充空白，「宎」字僅僅出現一次，放置在字頂橫線正中。作品內涵頗豐，圍繞不同文字及其位置都構成解讀這一困局的不同線索。如果從考察整部詩集的角度出發，這首作品至少已具兩層意義：「困」字之義本為遺留之房舍，「宎」則為房樑，它提醒我們注意詩人的「棄體」之中仍有實在、有真心；進一步說，困局更是四部詩集中一以貫之的首要主題，詩人從情感、職業、生活直至命運等維度不斷明確所遭遇的困境，且將自身的奮力掙脫與詩意的追逐合而為一。然而，正是在此意義上，書名「逐想像而居」令我感到疑惑，倘若困局是一種常態則詩人何以為居？是什麼使追逐狀態下的詩人產生了居的念頭？又是什麼終將詩人留在縱情想像的詩中？欲就這些問題進行解答，必然牽涉到吳詩所內蘊的洞

見，且詩人以詩說話，更期盼找到「勇於潛探的接受人」而非在作品之外撿現成資料的解讀，因此一旦動筆便負有很大責任，時常令我躊躇不前。今撰此拙文，惟盼可作引玉之磚。

《心軟》、《孤獨自成風暴》是作者青年時期在新加坡出版的詩集，後負笈美國，從此踏上文學教研之路，並於 2006 年底遷居香港至今。第三部詩集《半存在》由台灣萬卷樓圖書公司於 2008 年出版，故《逐想像而居》收錄 2008 年至 2015 年的詩作，是詩人於香港詩壇的首次結集，當中自然不乏以香港為背景、為香港發聲的創作，此外亦有關涉詩人曾到訪過的地區、城市的作品。視域的轉換、時空的偏離對於詩人而言無疑是絕佳的寫作契機，事物借由一雙陌生的眼睛得到重新發明，而吳耀宗的詩卻反其道而行。在〈重返蒙馬特〉一詩開端便寫道：「如無意外我帶來了新的白髮」，異域風景從漸已麻木的日常將自我即時解脫出來，恍若鏡台總是置於身體前方。他更強調「回返」、「重遊」以便就此「再走一趟記憶」，完成經驗的複查。他在布拉格審視寫作，亦在希臘詠嘆愛情，在蒙馬特「把時間對摺出上下」，復在倫敦「換個角度組織」生活。詩人並不認為沿著時間行走自有歸途，好似旅行的意義就在於尋找真正的路徑回鄉。反觀以其居住地香港為場景的作品則有所不同，他在〈和旺角相關的言說〉攝取了城市的命運影像：「不如雪片宣傳單隨隨便便讓你坐擁窗台無敵海景／有空氣的地方就呼吸，就過程／就排隊，新租戶舊租戶排好隊／絕對低碳而且有機說過排污童叟無欺」，地域的言說絕不是顧影自憐，亦非走進公共生活那麼簡單，它意味著詩人自身的處境已經無法與這片土地脫離，且欲真正進入香港故事亦須「放回香港的文化脈絡去了解」，而詩歌的地方性還時常伴隨著與他者執手、思考未來的可能。譬如〈兜售歲月〉寫道：「天空喜歡佔領這舉動／時而拿下雨的版圖／時而鎖住艷陽的影子／彌敦道不等可笑的棉花糖出現／以及下不了的決心」。此外他將香港形容為「倔強之地」又何嘗不是受到它的鼓舞和啟發。至此可以發現，儘管地域為描述吳詩提供了許多方便，卻不是詩人「居」之所在，他在旅行中周而復始的偏離和抵達，審視的對象始終不是變換的異域而是不斷更新的自己，即便在居住地香港詩人亦更強調衝破當下的束縛、守望未來的可能性。但這些作品卻潛在地顯示出詩人「居」的渴望，通過內省的視窗從虛度著的世界尋回個體和心靈的真實質地，反過來說，正是在狂歡或虛無的「一片死灰」（〈純真的年代〉）下等待重建的個體、亟需辨認的心靈引導詩人走向詩意的棲居。

然而，當詩人宣稱「靈魂渴睡的時候要上岸」（〈逐想像而居〉）時就像是霧裡看花，彼岸總顯得渺渺茫茫，世界始終不能提供恆定不變的意義與方向，由此我常常以為一個詩人的命運就是西西弗斯的命運。儘管這未必能夠得到他的認同，他緊接著寫道「飛鳥放下雙腳成為地標」，事實上詩人努力通過自己的寫作賦予這場與世界的較量以文本性，努力克服外部現實為他製造的難度——其中最為鮮明的一點無疑是時間：雖然「遭遇過時間的都學會流水的步驟／避免和地勢爭吵」（〈揣摩生命的目光〉），卻意外發現「只有窗外一波一波的綠樹葉／貧瘠得給不了時間任何意義」（〈普通的生活〉），他真正擔憂的是時間本身已與生的色彩和關懷無關了，而人類居中生活導致「污穢是個時間的概念」（〈凌遲〉）、從此陷入死循環。於是，詩人甚至直接取消了時間，因為「沒有絕對的消失／沒有永恆的存記／生命著的我們比宇宙／多一點從異地小巷延伸出去的喜悅／已經足夠無盡的星空」（〈藏身——與妻在希臘〉）。這是吳耀宗詩意的棲居所顯露的第一種狀態，詩歌成為了「生命的纜繩」，煥發出生的色彩，每當你閱讀吳詩中那些表現生命倉促、時間無謂的語句，不僅不會墮入焦慮反將拾得詩的真機趣了。儘管詩人已然抵達「曲折的中年／飲馬河邊／水光一陣晃盪／南山上落滿了梅花」（〈沒落的例子〉），值得注意的是，在「滄海轉身」的年紀他依然有執：〈浮執〉這一作品不乏「但結果還是回到結果中去」、「因為慾望／我們都懂得用衣物遮掩」此類格言式詩句，所顯示的理性與壓抑易使我們在閱讀時忽略作品的真意或誤解詩人的魅力，除了「大樹」、「靈山」、「螻蟻」、「毒蛇」等詩人著力刻畫的生存圖景，他還寫道：

我們對照永遠偏頗的陽光
花葉蕩漾了起來
蒼生蕩漾得厲害
飛縱的歲月追記飛縱的魚羣
飛縱的魚羣張口追記飛縱的網
追記無法拼湊的巨大恥骨
未必全屬於史前

如學者陳曉明所言，「藝術作品展示了一個存在的巨大幻象，人類以其自身最高自由的面目出現，它支持著這個世界的存在」，也正是以上這樣的詩句成功穿越時間、空間，承載了生命的歡愉、宣揚著尼采所指的「酒神精神」，為讀者帶來精神的震顫和詩意的感召。被時間誤以為是中年的詩人亦就此克服了虛無的流逝。

細心的讀者能夠發現，以〈浮執〉為代表的高蹈之作並不構成詩集的主體，熟悉吳耀宗者亦知其為人為文皆不屬縱逸之格，他終究是關懷現實、介入現實的，那種超脫自身、追溯冥冥世界的探索自然與他無關。如果存在一個詩人所要尋回的不可見世界，它必然始終存在於可見世界之中，恰如我們的思想僅存於語言當中，詩意不能脫離現實材料的組織。

認真讀過〈加沙事業〉就能體會，吳耀宗的詩路途經了多少現世的黑暗與殘酷，「那巨大的手拍了拍他們的小後腦勺／剩餘的腦漿撲哧迸出來／又拍了拍懷裡那份以色列再續的合約／死神不喜歡失業」，冷靜的抒寫、反諷的語調直至對現實的承擔皆不是當初那個「心軟」的韋銅雀輕易能夠做到的。但詩人對周遭所見所聞的介入自少年學詩起便一路堅持下來，收錄在《心軟》的〈酉為部首〉書寫一位酗酒的親戚，《孤獨自成風暴》的〈在一些不可凝視的哀傷背後留言〉也充分體現了對日常的觀照，儘管最初的介入更多是生命的探討，並在《半存在》中生成了〈在圍巾上擦抹漸黑的天色〉、〈載馳〉等更成熟的詩篇，但《逐想像而居》仍轉向了社會干預（〈生途〉等詩作說明詩人關於生命的探討也沒有中斷），或由「必須同吸必須同呼必須按 LIKE 以示堅貞／但我們暗自淫亂」（〈遙遠書〉）

所揭開的生活表裡不一的創傷，或由「層層厚實的黃沙下／掩埋著你們，繼續下陷著我們／股市狂歡樓市燦麗的文明／擁抱不同言論就擁抱斷裂肢體的盛世」（〈古老的行業〉）所捕捉的我們所處城市的真實境況，體現出理想與現實的深刻斷裂。雖說詩歌是關於呈現而非言說，除了〈清場〉記錄了2014年台灣太陽花學運，詩人仍通過詩的行動直接加入了恢復香港應有之義的思潮，通過行動的作品「把冥想生活和積極投入結合起來，才能使人進入歷史與世界，產出不朽和永存性」：〈水狀態——我們在七一〉以鏗鏘的複沓邁出人群堅定的腳步，刻意打亂語言的邏輯節奏借以喚醒讀者的再次驚覺，指出貌似真切可信的現實背後仍有模糊視線的傳媒；〈暗角〉通過視角的切換提醒讀者在面對黑暗的同時努力克服自身的健忘，做到真正從不公義的打擊中清醒；〈地斷氣——新東北抗爭〉以諷刺意味的隱喻突顯了繁華風景的欺騙性，又引用北島〈回答〉中的名句發出呼籲；有時他亦情不自禁寫下詩的格言，如「誠實的眼淚比道德乾淨／清醒的脆弱比什麼都堅硬」（〈倔強之地——寫給香港〉）……實際上通過這些作品我看到詩意棲居的第二種狀態，詩歌就像「歲月的鉛筆刨」逐漸刨出詩人這支筆的鋒芒，生命的躍動鼓舞了詩人更堅定站在理想的誠實立場，他與北島的共同情結就在於堅信我們的人性「儘管它被扭曲，被異化，但仍然存在」；聯繫前文還可發現，詩人總將一個經驗性的「我」放入不同城市、不同生活領域的鏡像中，每一次照鏡都使他對個體的「我」、集體的「我們」有更清晰的認識、更明確的判斷，總是以詩歌的方式理解人類的歷史場域並置身於具體的社會情境以確保主體的著陸。

無論是生命的高蹈還是對不可見世界的挖掘，都借助詩的途徑，依詩人所言即是想像。如果吳耀宗的作品已然具備某一母題，那便是想像，而非他人所論及的時間，試問在詩歌史上何嘗有哪一位優秀詩人能夠掙脫時間的牽絆又或者對周遭境遇不具詩的敏感與矯捷？如果想像不僅是詩人的工具更是他的母題，就意味著他已將想像視為詩的根本洞見：變動不居的「逐」、自在堅守的「居」都依託想像明確既有經驗所犯的差錯，顯現已知世界對我們的誤解，吳耀宗通過想像尋求美麗的「誤差」，建諸語言的更新從而最終更新了詩人自己乃至得到共鳴的我們的存在。換言之，是想像最終將他永久地留在詩中。

我們也可以說，當詩人將自我作為客體加以觀察時，詩成為他所要扮演的角色。且吳耀宗的想像不時跳脫出具象圖景甚至一些令人著迷的微小事物。儘管詩人也通過抽象思考對既有經驗、已知世界提出質疑：「有什麼史實不可以私撰？」「有什麼想像不可以憑空？」但當它們落實在具象時，方從質疑轉入發現：「長期以來我在高樓上看高樓下看我的人戴著同一款表情/在地鐵站迅速穿透你的人迅速被他人穿透在下一站/影子痛吧皮層熱吧肋骨深處有暗流激蕩吧？」（〈凝視主義〉）新詩近三十年來專注於是開掘日常，從普通物件尤其是現代物件上挖掘詩意，更擅長就「小」的事物進行發揮，然而吳詩從小處著手則是出於從大處著眼：一方面，「小」的事物、場景暗合了詩人的心理，即他於冉冉生途與眾生相中的體驗，〈從桂花茶開始其他〉以沉澱並散發芬香的桂花比喻卑微的人類、健忘的歷史、失效的物件，〈沒落的例子〉將衰老的故事和人視作寄出的郵票，〈夏天去九份〉

把對山水的惦念拆解到一碗豬油飯和臉書的嬉戲中了，詩人的真切體驗只能用直感的「小」的事物來表達，而不斷衰退的大敘事、大人生唯有在「小」的事物上延續；另一方面，「小」是因應「大」而出現的，與其說詩人借助平日在觀察上的積累為想像的發揮提供了足夠多的素材，不如說是詩人需要為抽象思考製造更多的現場感和存在感，既是鼓勵消極時間中生命力的恢復，又是從事物的渺小出發揭開其背後無限的可能性，〈舌尖上的鏈條〉重疊了人與動物的生活場景，借助人看待動物的視角審視人類自身：「扣留在水中的族群／選擇它們直面網罟的義不容辭／為締造圖表中奇峰突起的歷史／為酒杯倒下的尖叫，以及歡笑／有無鱗甲／它們都確保呼出最堅強的氣泡／去接受火的各自邀請」，人類創造出各自的偉大事業卻又為事業所困，正如水中的族群自知是火的焦烤卻有直面網罟的義不容辭一般，在異化過程中就連「最堅強的氣泡」也是悲情的。相較之下〈鹽與胡椒〉更令人激賞，前文講到餐飲在此當作結尾，順水推舟地寫道「侍應生走過來／給我們胡椒和鹽」，我們不會感到意外，且沒有額外的詮釋阻礙它從讀者的常識中調取理所當然的意義，這與全文的聯想相配合：從讀者角度出發可將詩中人與人不交心的對話、旅行中刻意製造的細節與胡椒和鹽聯繫起來，於是胡椒和鹽不僅呈現了修飾與真實、內在生命與外部現實之間的弔詭，亦在侍應生遞出時向我們內心提出質問。此外，〈俳句練習十七首〉突出顯示了具象的尤其是「小」的事物所內蘊的魅力：「想點擊靈魂／滑鼠卻滑不溜秋／視窗也霧霾」、「龜裂了想像／一口雨傘撐開來／氣象員掘井」……值得一提的是，儘管吳詩時常從大處著眼，給這些客體指派意義、設置情境，但詩所描繪的「小」並不單純是一個細節，它具有跳出整體的內在語言，從中可見意義在遊走，既是「讓詩存有的定位趨近飄散的問號」，又是詩人重新投射、進入外部世界的神秘之門。

門前的世界也好、門後的世界也罷，詩人以詩擔負的時代、以想像尋回的「誤差」並不一定是美麗的，包括不會自我辯解的歷史、消失的記憶與美好、以及麻木壓抑的人群在內，一塊塊堅硬的岩石佔據了生活的淺灘；但詩人的作品始終是美麗的，他不僅見到「剩下旭光中的石頭堅持一臉的歧義」，更通過寫作為這些石頭提供語言。西默斯·希尼曾說道：「詩歌有其自身的現實，無論詩人在多大程度上屈服於社會、道德、政治和歷史現實的矯正壓力，最終都要忠實於藝術活動的要求和承諾」，在我看來，詩歌的現實就是語言，而語言本身就是關於我們的無止境的幻想，正如詩人所言：「我們每寫一首詩／就走一趟奈何橋／就喝一碗孟婆的迷魂湯／到彼岸接過語言煉獄給我們的／下一輪編號」（〈城門開——聽廖偉棠說詩〉）。

（刊於《創世紀詩雜誌》，第8期，2016年春季號）

& the
#rip

形成愛

作者　吳耀宗
攝影　吳耀宗

出版　文化工房
香港九龍青山道 505 號通源工業大廈 6 樓 CI 室
網址　http：//clickpresshk.wordpress.com
電郵　clickpress@speedfax.net
電話　5409 0460　傳真　3019 6230

香港發行　香港聯合書刊物流有限公司
香港新界大埔汀麗路 36 號中華商務印刷大廈三字樓
電話　2150 2100　傳真　2407 3062

台灣發行　遠景出版事業有限公司
220 台北縣板橋市松柏街 65 號 5 樓
電話　02 2254 2899

印刷　約書亞創藝有限公司

出版日期　2018 年 9 月初版

國際書號　978-988-77846-9-2

版權所有　翻印必究

上架建議　香港文學：新詩